KB036426

쌍둥이 할아버지의 노래

b판시선 023

김준태 시집

쌍둥이 할아버지의 노래

도서출판 b

| 시인의 말 |

내 시의 화두는 생명과 평화와 통일 그것들에 모아지고 있는 것 같다. 1948년 8·15 해방공간에 태어난 나의 경우도, 할아버지와 아버지가 각각 징용과 징병으로 일본제국주의가 자행한 전쟁터로 끌려간 선대의 비극적 이력을 갖고 있으며, 6·25 한국전쟁과 베트남전쟁 그리고 5·18 광주항쟁을 거치면서 그야말로 아슬아슬하게 성장해온 것이다.

분단 73년이 되는 2018년 올해 봄부터, 한반도는 그러나 '통일과정시대원년Unification Process Period First Year'으로 말해도 좋을 2000년 6·15 남북공동선언 이후, 남과 북이 주체가 되어 지금까지의 대결구도를 지양하고 평화협정을 비롯하여 우리 민족의 문제를 보다 능동적으로 평화적으로 풀어가는 역사적 찬스에 직면한 것으로 보아진다.

한반도 역사에 대한 하늘과 땅의 준엄한 명령! 이러한 때 나의 시집 '쌍둥이 할아버지의 노래'가 작은 몸짓이라도 보탤 수 있게 된 것을 기쁘게 생각한다.

| 차 례 |

제2부 자정을 넘어서, 새벽에 쓴 시

제3부 봄, 금남로에서

제1부

좋다, 줄탁동시라!

서울과 평양 사이에

서울과 평양 사이에

강이 흐른다 북한강이

흐르고 물거미*가 산다

DMZ 비무장지대 늪——

1과 1속 1종 물거미가

반경 2cm 물방울 속에

들어가 서로 kiss 한다

홍보석보다 더 영롱한

아기 물거미를 낳는다!

* 물거미(학명: Argyroneta Aquatica)는 오직 1과 1속 1종에 속하는 세계적인 희귀종으로 1996년 6월 초, 한반도에서는 처음으로 거미학자 남궁준 박사팀의 현장답사를 통해서 경기도 연천군 민통선 늪지대에서 발견됨.

세상의 모든 꽃들은

화엄사 흑매黑梅!
저 질붉은 질붉은 사랑
정작, 그대 시인한테서도
빼앗아다 봄을 맞이했군요!
시방도 내 엿보고 있나니
그래요 정말이에요, 님아!

세상의 모든 꽃들은
사람의 마음을 빼앗아다
봄, 저러이 피어난다오!
화엄사 돌부처 몸 안에서도
뛰쳐나와, 천지현황으로
동남풍의 춤을 추는, 님아!

쌍둥이 할아버지의 노래

한 놈을 업어주니 또 한 놈이
자기도 업어주라고 운다
그래, 에라 모르겠다!
두 놈을 같이 업어주니
두 놈이 같이 기분 좋아라 웃는다
남과 북도 그랬으면 좋겠다.

벽을 데리고 걸어가네

호르는 물과
갈 수 없어
벽과 걸었네

호르는 물과
그냥은
갈 수 없어

노래여
흘러가는
노래의
헛것들이여

이 강산
곳곳에
버티고 선
벽을 데리고

먼 길 걸어가네

꽃처럼

꽃밭처럼

나와 같이

무너질 벽을 위하여,

하늘도 휘고, 좋다!

눈이 내린다 처음처럼 눈이 내린다
이런 날은 아인슈타인 박사와 함께
발가락이 하얀 아가들과 놀고 싶다
태양을 향해 날아가던 빛도 휘듯이
아가들의 보송보송한 숨결 속으로
들어가 다시 고운 무늬로 태어날까
둥근 얼굴로 방긋방긋 꽃이 돼볼까
눈이 내린다 처음처럼 눈이 내린다
아인슈타인 박사와 함께 놀다 보면
직선과 직선으로 부딪치던 그대들도
저 하늘처럼 둥그러이 휘어질 것이다*
암흑 에너지,* 그 큰 사랑으로 우주와
인간세계는 영원히 버텨나갈 것이다.

* 빛도 휘고 하늘도 휜다: 아인슈타인이 밝힌 일반상대성이론. 빛이 태양의 주위를 돌면서 '휘는' 게 1919년 런던관측소에서 확인.
* 암흑 에너지: '우주상수' 개념을 도입한 아인슈타인은 우주가 붕괴하지 않도록 지탱하는 '암흑 에너지'가 존재한다고 주장함.

눈길을 걸으며

1

인간은
벽을 만들고
하느님은 벽을
무너뜨린다

도끼로
하늘의 빙벽을
찍어 내리는
오 12월의 하느님!

2

눈은 어둠속에서도 하얗다
미제 군용칼로 찔러도
피를 흘리지 않는다
오, 광야에 엎드려
벌컥벌컥 숨 쉬는 저 하얀 눈!

3

눈이 내린다 그리움이 내린다

먼 옛날 70만 년 전 여기에 살았던

우리들이 돌아온다

백두에 내리는 눈도 하얀 눈

한라에 내리는 눈도 하얀 눈

아 사랑이여 80년 떠난 사랑이여

눈이 내린다 하늘과 내가 내린다.

불이*

어디로 갔을까

할아버지의
무릎에 앉아 놀던
밑 터진 바지를 입고
새알 같은 불알도 반짝이던
불이는 어디로 갔을까

할아버지의
하얀 수염을 바라보며
하늘 천天 따 지地 외우던

그해, 자신도 모르게
두 쪽으로 갈라진 불이 몸
눈 하나는 남쪽, 눈 하나는 북쪽
귀 하나는 북쪽, 귀 하나는 남쪽
윗입술은 북쪽, 아랫입술은 남쪽

콧구멍 하나는 남쪽,
콧구멍 하나는 북쪽으로만
뚫려버린 아 불이의 몸!

지금은 먼 먼 어디에 가서
살고 있을까 지금은 어디로
가서 혼자, 늙어가고 있을까

* 불이不二: 둘이 아닌 하나.

원효元曉

1

천년 돌을
깨부숴, 해와
달을 꺼내더니
마지막으로
사람을 꺼낸 그대!

2

경주 남산 정상
돌부처 뱃속 열고
요석공주 등에 업고
왕궁을 빠져나간 큰스님

3

우리 원효님 이윽고 오시네
동서남북 벽선을 두루 마치고
누워 천장 올리는 와선 마치고

하얀 옷 돌 속으로 들어가시네
춤추며 쇳덩이 같은 돌 속으로
들어가 둥근 해 들고 나오시네
춤추며 쇳덩이 같은 시공 속으로
들어가 둥근 달도 들고 나오시네
꽝꽝 돌 속 연꽃 꺾어 나오시네*

4
한라산 지리산 백두산 고구려 백제 신라
울 원효대사님께서 온통 바다로 만들었네
바람 속 구름 속 첩첩 산속 온통 바다이네
물고기보살 뗑그렁 뗑그렁 헤엄쳐 다니네
황금비늘 몸속에 천불부처님 다 넣으시고

5
원효는 말했다 의상義湘더러 삼국통일 안 되도 좋으니 제발
전쟁하지 말자고 원효는 피를 토하며 보리수나무 목탁을 쳤다

고구려 백제 신라 사람들 총칼로 서로 죽여서는 안 된다고
궁극으로는 통일해야 한다고…… 그래서 당나라를 가다가
발길을 되돌렸다 그의 깨달음 해골바가지 물도 화쟁 일체유심
조도 그렇게 하여 경주 토함산 석굴암대불이 되었다

6

새는 두 날개를 가져도 날지 못한다
좌우의 날개 둘 가져도 날지 못한다
몸뚱이가 하나일 때 천지간을 난다
퇴계 이황 선생의 마음하늘 이, 4단과
기대승 선생 기, 7정이 원으로 만나야
새야, 새야 우리들도 훨훨 날아가리라

* 벽선壁禪 · 와선臥禪 · 시공時空 · 천불千佛 · 이理 · 4단四端 · 기氣 · 칠정七情 · 원圓.

한반도 어머니

지상에서는
자식들에게
옷고름 풀어헤쳐
통젖을 물려주시고

하늘에 가서는
아버지가 싸질러놓은
저 수많은 별들에게
반짝반짝, 빠짐없이
젖꼭지 물려주시는

아 한반도
둥근 사랑
우리의 어머니!
지금은 어디에 계신지요
내일은 어디에 계실는지요

아가

밑 터진 무명베 바지 밑으로
잘생긴 둥근 불알을 내놓고
두 주먹을 쥐었다 폈다 하는
아가의 웃음 속으로 들어가려고
그 웃음 속에서 한번 잘 놀다 가려고
온몸이 달아올라 어허어허 발버둥치는
백두白頭가 고향이라는 지리산 할아버지!
거, 보기에도 좋구려 참말 좋구려!!

새들의 노래*를 들으며

새가
날아오네

4월의 밤
먼 별에서
새가 날아오네

하늘에서 지상으로
길게 놓인 첼로 하나

그 푸른
현을 밟으며 날아오는
카탈로니아*의 새 떼들

Peace, Peace, Peace!

새가

날아오네

아 코리아의 하늘에

길게 놓인

첼로를 퉁기며

바람과 구름의

눈썹에 매달린

새가

날아오네

사랑과 눈물

음악의 부호들……

Peace, Peace, Peace!!

* 파블로 카잘스의 첼로 연주곡.

* 카탈로니아: 스페인 바르셀로나 지명.

좋다, 줄탁동시啐啄同時라!

여기를 봐요!
서울과 평양 사이
녹슨 가시철조망 속에
저 먼 먼 하늘에서
달걀 하나 내려오네요

70년을 피와 눈물로 품은
오, 젖은 흰옷으로 닦아낸
배달겨레의 둥근 달걀 하나!

밖에서 남녘땅 닭이 쪼고
안에서 북녘땅 닭이 쪼니
노오란 봄병아리가 나온다

어, 둥근 달걀 하나에서
7,500만 마리 병아리가
오종종 오종종 걸어나온다!

수탉은 홰를 치며

70년 만에 새벽하늘을 열고

좋다, 바야흐로 줄탁동시라!

희망, 광화문에서

개한테도
밥을 주면
땅바닥에다
오줌을 싸면서
지도를 그린다
통일한반도!!

행진곡

둥둥 북을 울려라
둥둥 징을 울려라
꽹과리 장구 다 모여라
한라에서 서울하늘까지

우리 장벽을 부수리라
우리 어둠을 찢으리라
돌과 흙 나무와 꽃으로
아 Korea! 다시 세우리라

둥둥 북을 울려라
둥둥 징을 울려라
꽹과리 장구 다 모여라
온 나라가 그대를 부른다

우리 횃불되리라
우리 승리하리라

형제

초등학교 1~2학년 애들이려나
광주시 연제동 연꽃마을 목욕탕——
키가 큰 여덟 살쯤의 형이란 녀석이
이마에 피도 안 마른 여섯 살쯤 아우를
때밀이용 베드 위에 벌러덩 눕혀 놓고서
엉덩이, 어깨, 발바닥, 배, 사타구니 구석까지
손을 넣어 마치 그의 어미처럼 닦아주고 있었다
불알 두 쪽도 예쁘게 반짝반짝 닦아주는 것이었다

그게 보기에도 영 좋아 오래도록 바라보던 나는
"형제여! 늙어 죽는 날까지 서로 그렇게 살아라!"
중얼거리다가 갑자기 눈물방울을 떨구고 말았다.

아마겟돈, 경고!

하얀 옷
백합의 향기여
우리 사람 몸이여

해와 달이
거꾸로 돈다 한들
그럴 리야 없겠지만

남북이 서로
눈감고 불총을 쏘면
하늘에 젖을 물려준
어머니의 말씀 버리면

아마겟돈*
쾅쾅, 우주가
폭발하는 소리?

한반도는
풀 한 포기커녕
꽃 한 송이 피지 않고
새 한 마리 날아오지 않을 것이다

두드릴 목탁은커녕
십자가를 만들어 세울
한 그루 나무도 자랄 수 없을 것이다!

* 아마겟돈: Armageddon.

백두여, 통일의 빛나는 눈동자여*

1

고향집 대숲에 함박눈 펑펑 쏟아지던 날이었나
아버지를 찾아 나선 예순 할머니의 등에 업혀서
백두여, 나는 너의 타는, 천만리 눈동자를 보았다

횃불도 수줍어 가물거리던 땅끝 마을 첫날 밤—
시집온 아내의 치잣빛 옷고름을 풀어헤치면서도
백두여, 나는 너의 떨리는 눈동자 가까이 보았다

온몸을 용트림하던 아내 떡덩어리 아이를 낳을 때
아 백두여, 내 몸뚱이도 다시 태어나는 소리 들었다
고향집 오동나무 그늘에 하얀 바지저고리로 앉아서

삐비꽃 피면 오려나 파랑새 울면 행여 님 오려나
부용산 산허리에 진달래 피면 거기 그대가 오려나
먼 길 달려오는 노래도 흙빛 가슴에 넘쳐 뜨거웠다

어머니 베적삼 속에 정절의 세월 더욱 견결하였듯이
접시꽃 향기 그윽한 누이 젖무덤 은장도 숨어 빛나듯
우리 그대 큰 사랑 안고 강 건너 산 첩첩 넘어왔나니

백두여, 분열과 분단 떨쳐 일어나 우리 하나로 섰나니
아 우리들의 첫사랑— 그대 하늘 높이 빛나는 눈동자여
이제 길이란 길들은 모두 그대를 향하여 달려가야 하리
온 겨레의 숨결 그대 안에 모여서 출렁, 출렁여야 하리.

2
백두여 우리들 한민족의
첫사랑이여 빛나는 눈동자여

그래, 결코 잠들 수 없는 세월이었다
옹달샘 물도 맑게 맑게 넘치던 이 땅 삼천리 반도—
지난 연대는 분열과 분단, 증오와 배반의 세월이었다
모질고 모진 목숨들 쑥 구렁에 처박힌 망각의 세월이었다

아아 피 흐름의 세월, 밤마다 몰래 숨어서 울지 않고는
가슴 저려 살 수 없었던 소리 없는 통곡의 세월이었다

백두여 우리들 한민족의
첫사랑이여 빛나는 눈동자여

한반도 땅끝 동백꽃 피는 마을에서도 너를 보았다
할머니의 베적삼 등에 업혀 울던 시절에도 나는 너를 보았다

전쟁과 배고픔, 무정한 세월의 저편 할머니 쭈그러진 젖꼭지를
빨면서도 나는 너의 눈동자가 어느 날 갑자기 피에 붉게
물들어
가는 것을 보았다 그러나 휘몰아치는 눈보라 속에서 펄럭이는
깃발— 너를 보았다

백두여 우리들 한민족의

첫사랑이여 빛나는 눈동자여

가슴에 비수를 품은 듯이
가슴속에 깊숙이 은장도를 품은 듯이
우리들 너의 큰 울음 품고 살아왔나니

그래, 결코 물러설 수 없는 세월이었다
흙으로 빚은 항아리에 물 붓는 소리도 한결같았던 삼천리 반도—
할머니의 쭈그러진 젖꼭지를 빨면서도 나는 싸우러 가는 사람들을
보았다 백두산으로 지리산으로 두만강으로 북만주 고구려 벌판으로
멀리 떠난 어머니와 아버지의 흰 옷자락과 뒷모습, 그림자를
차마 잊을 수 없었다 다시는 돌아오지 않는
아아 나의 아버지와 어머니의 청춘의 노래!

백두여 우리들 한민족의
첫사랑이여 빛나는 눈동자여

그래, 그러나 우리는 예까지 달려왔다
한민족 한 핏줄 한겨레로 예까지 하나 되어 솟구쳐 왔다
분열과 분단 그 시뻘건 어둠의 살코기 속에서 기생하는 주먹들이
절뚝이며 찢겨지며 방황하는 나와 형제들의 목을 졸라맸을 때
우리는 남의 나라 남의 밥상 위에다만 운명을 맡기는 바보였던가
우리는 우리들 속의 또 다른 무서운 바보들에게 운명을 맡기는
그런 바보였던가 모리배였던가 반역사, 반민족의 아들딸인가

백두여 우리들 한민족의

첫사랑이여 빛나는 눈동자여

그래, 예까지 달려온 우리
지금은 예쁜 아이들 떡덩어리처럼 낳는 어머니의 나라로 가자
우리 지금은 논밭에 쟁기질을 잘도 하는 아버지의 나라로 가자
지금은 할아버지가 오백 년 천 년 나무들을 키우는 나라로 가자
우리 지금은 할머니가 손자들을 앞세워 어깨춤 추는 나라로 가자
우리 지금은 누이들이 강강수월래 춤추는 해와 달의 나라로 가자

백두여 우리들 한민족의
첫사랑이여 빛나는 눈동자여
천만년을 넘어서서 오늘에도 빛나는 눈동자여

우리의 어머니는 하나다 우리의 아버지는 하나다

우리의 운명과 희망, 우리의 가는 길도 하나일 것이다

호미와 괭이, 삽과 쟁기로 일굴 흙과 땅은 오직 통일의 논밭!

봄여름가을겨울 씨앗을 뿌려 나눔과 베풂을 이어가는 대지의 나라!

* 이 시는 2001년 8월 15일 평양에서 개최된 <6·15선언 제1주년 기념 민족통일대축전> 남북 문학행사 때 낭송한 작품임.

제2부

자정을 넘어서, 새벽에 쓴 시

농부

그의 신발엔 흙이 묻어 있다

그는 날마다 하늘을 밟고 산다!

나무못

나무못은 다른
나무 속에 박히면서도
피를 흘리거나 흘리게
하지 않는다 절대로!

나무못은 그가 박혀든
나무가 쓰러질 때 혹은
썩을 때 같이 썩는다
—나무못은 못이 아니다!

돌탑

버려진 돌도
뒹구는 돌도

소나 말한테
산짐승한테
밟히는 돌도

아침저녁
길 가다 주워서
하나둘 놓으면

어 그래, 그곳이
천년 부처의 탑!

광주천변에서

광주천변을 걷다가
순간, 밟아버릴지 몰라
깜짝 놀라 뒷걸음쳤다
모가지째 떨어진 자미꽃
그 붉은 꽃 가장자리쯤에
굼벵이가 뒹굴고 있었다
하마터면 큰 하늘 하나를
밟고도 일이 없었다는 듯
태연, 멀리 걸어갈 뻔했다
아 하늘 속에 또 하늘들
하늘 바깥에 또 하늘들!
잘못하여 밟을 뻔하였다
하얀 두루미 날기 시작한
광주천 극락강변이었다.

물웅덩이

마음속에 하나 갖고 싶어라 물 가장자리에
이름을 몰라도 고운 풀꽃이 자라는 웅덩이
첨벙! 두꺼비 녀석이 고요를 갈라 헤엄치는
소금장수가 물무늬를 놓아 건너가기도 하는
하늘이 하얀 구름으로 얼굴 비비다가 그만
떠날 줄을 모르고 잠들어버리는 물웅덩이!

법정스님 임종게*

1. 첫째 말씀

"아이구, 우리 스님, 불 들어갑니다!"
참나무, 벚나무, 귀목나무 장작불에
올려진 법정스님*의 몸에 당겨진 불!
그해 10월 순천 송광사에서 거행된
큰스님 다비식이 두 눈에 젖어듭니다
바람에 소색이는 보리수 바람 속에서
가만가만 가슴에 닿던 큰스님의 말씀!
"사람이 죽으면 그가 가졌던 모든 것
그래, 그가 보고 듣고 어루만진 모든 것
그가 소유하고 입 맞추었던 모든 것들이
다 사라진답니다 억겁의 세월 속으로……"
아 가을바람 부는 승보사찰 송광사에서
활활 잉걸불에 올려진 법정스님의 최후!
강원도 정선아리랑에 떠오른 초승달처럼
마지막으로 타는 하얀 맨발 내밀었습니다
"사람이 죽으면 그가 가졌던 모든 것

그가 소유하고 입 맞추었던 모든 것들이
다 사라진답니다 남는 것은 오로지 이분!
한 톨의 겨자씨 속에도 수미산*을 데리고
들락날락하시는 천상천하 유아독존 부처님!"

2. 둘째 말씀
그랬지요 선승 법정스님께서
입적하기 전에 곰곰 말씀하시길
사람이 죽으면 그가 가진 것들도
그와 함께 죄다 죽는다고 하셨네
사람이 죽으면 그가 읽은 책들과
숟가락 젓가락도 거울 속 수채화도
그가 앉은 나무의자의 고요도 죽고
그가 만지고 쓰다듬고 입을 맞추고
심지어는 바위 속에 깊숙이 감춰둔
말, 언어도 다 죽는다고 얘기하셨네
그가 본 하늘의 구름과 무량도 죽고

하지만 그와 같이 죽지 않는 게 있네
아무리 작은 강물이라도 한곳에 모여
뭐가 되는 쪽으로 반짝거리며 흐르고
우리 사랑하는 아가들 해맑은 웃음은
이 꽃 저 꽃 찾아다니며 피어난다는 것!

* 임종게臨終偈: 선승이나 고승들의 열반송, 입적게.
* 법정法頂스님(1932. 10. 8.~2010. 3. 13.).
* 수미산須彌山: 부처님이 계시는 산.

비나리

—아내를 먼저 보내는 K형에게

사람이 죽는다는 것……

저 하늘에 '하늘 하나' 더해주고

저 불국토佛國土에 '부처 하나'

더 모셔다 드리는 것이라오 하오니

몸이 상하도록 울지 마오 벗이여!

아침에는

아침에는 피는 꽃을 보았습니다
저녁 무렵에는 지는 꽃을 보았습니다
아, 피는 꽃과 지는 꽃 사이에서
그대를 만나지 못해
한없이 내가 미웠습니다.

자정을 넘어서, 새벽에 쓴 시

—말은 神이다!A Word is the God!

詩가 세상을 바꾸거나 변화시킬 수 있을까
히틀러 때 베르톨트 브레히트도 실토했는데
詩가 세상을 바꾸거나 구할 수도 없다는 것

시인들이여! 그러나 바로 그러함 때문에
발 동동 구르며 詩를 변화시키는 것이 세상
발을 동동 구르며 세상을 바꾸려는 것이 詩!

말, 언어, 로고스*가 하느님이요 부처님이기 때문일까
보라, 들으라, 갓 태어난 아가들의 입에서 흘러나오는
하늘의 말씀을! 새들의 날개가 실어 나르는 노래를!!

그럼, 詩가 세상을 바꾸거나 변화시킬 수 있다
발 동동 구르며 詩를 변화시키는 것이 세상이라면
발 동동 구르며 세상을 바꾸는 것이 로고스, 詩!!

* 로고스Logos: 말, 언어, 진리, 이성, 소통.

지상에 숟가락 하나*

죽기 전까지
나와 같이 살아갈
지상에 숟가락 하나

어릴 적에 나는
할머니가 볏짚수세미
기왓장 가루로
말갛게 닦던

황동 놋쇠 숟가락
그 동그라미 안에
얼굴을 비춰 보며 웃었지
열무 비빔밥도 비비며

아 먼 훗날
누군가의 입속으로
드나들 숟가락 하나

아직 죽지 않은 나는

이 숟가락이 부러지거나

뒤집어지지 않도록 조심히

들어 올린다 때로는 젖은 눈으로

* 현기영 소설 『지상에 숟가락 하나』에서 빌려옴.

노자에게

강 건너 마을
심지에 돋는
불빛

어버이 몇
노 저어 가고

초저녁
창문에 어리는
아가들의 얼굴.

플라스틱 탁상시계도

고장 난 탁상시계를 비닐봉투에 담아
쓰레기통에 버리려고 잠시 멈칫했더니
나사가 몇 군데 빠진 놈인데도 불구하고
이것 봐라, 똑딱똑딱 가고 있지 않는가

분침과 시침은 물론 초침도 구부러지고
벨을 울리는 기능도 다 돼버린 녀석인데
아니 어떻게 저렇듯 소리를 내는 것일까
똑딱똑딱! 그 소리가 우리 사람의 숨소리
같기도 하고 맥박이 뛰는 소리로도 들려
차마 쓰레기로 버릴 수가 없어 망설였다

부서진, 고장 난 탁상시계 속에서 어쩌면
벌컥벌컥 숨 쉬고 있을 시간의 푸른 숨통!
그러면 그럴까 플라스틱으로 만든 시계도
사람 체온이 닿으면 사람의 체온을 넣으면
아하 똑딱똑딱 눈물을 소리 내는 것이었다.

대흥사 입구에서, 듣다!

그래, 내 고향 해남 가는 길에서였을 것이다
돌미륵이 두 귀를 길게 늘어뜨리고 서 있는
해남 대흥사 붉은 동백숲 극락교쯤일 것이다
초등학생 두 녀석이 뭔가를 놓고 다투었는데
여기에 녀석들의 말을 그대로 옮기면 이렇다
한 놈이 왈, "벽도 구멍을 뚫으면 문이 된다"
또 한 놈 왈, "걸어 잠그면 문도 벽이지 뭐야"
다람쥐가 그 소리를 듣더니 키득키득 웃었다
부처님 손바닥에선 벽이나 문은 똑같다는 것!

반구대 암각화

바람으로 씻으면
보인다 한반도 동쪽
반구대 돌사람들……

달빛과 햇빛으로
씻으면 잘 보인다
노루, 사슴, 귀신고래

태화강 푸른 눈물로
씻으면 더 잘 보인다
9천년 반구대 하늘!

제주, 1948년

제노사이드
집단대학살

그들이
쳐들어
왔을 때

아, 제주
1948년……

대장장이는
쇠를 달구어
칼과 창을 만들고

옹기장이는
가마에 불 넣어
밥그릇을 만들었다

한라산의 붉은 흙으로!

여자들은

자신의 옷을 찢어

내일 태어날 아가들의 옷을 만들었다!

나여, 나랑 같이 가자

혼자서
멀리 가는 나여

혼자서
멀리 달려가는

나여
사람은 그냥 흐르는 물이 아니다
사람은 그냥 솟아 있는 산도 아니다

혼자서 울고 웃는
그러다가 때로는
자기 가슴을 치는 나여

여기 더러는
하얀 백두루미가 날아오는
……영산강변에서

나여

봄이면 봄꽃하고 놀아주고

여름이면 여름꽃하고 놀아주고

가을이면 가을꽃하고 놀아주고

잎사귀 몇 개 달려 있을 뿐인

12월의, 혼자 걸어가는

저 많은 시간들하고도 놀아주고

나여

혼자서 멀리 울고 가는 나여

이제는 나랑 가자

아 저 무수한 나랑, 나랑

두 눈 마주 반짝이며 그렇게 가자

오 사랑하는 나여
우주만물 세상천지
나[many of I, my, me]여
그리운 나의 나의 나의 나여!

오 하늘의 별보다 많은 나여

하늘에서보다
사람들 사이에서
더 눈물 글썽이는 별
오, 나여!

제3부

봄, 금남로에서

서시

흙에다
대지에다
詩를 써서 놓으니

꽃이 피고
나무가 자라고
파랑새가 날아오네

꽃잎마다
하늘이 젖어들고
나뭇잎마다 하늘이
얼굴을 펴 올리네

흙에다
대지에다
詩를 써놓고 노래하니

한 소년이 찾아와
생글생글 웃어주네
옛날처럼 먼 미래처럼!

봄, 금남로에서

1. 꽃에게

봄날, 꽃이

피지 않는다면

꽃의 향기가 없다면

세상은 얼마나

삭막하고 어두울까.

2. 밥과 꽃

밥은 사람 몸속으로 들어가

피와 살을 만들어주고

꽃은 그의 고운 향기로

사람의 영혼을 부풀어 오르게 한다

둥그렇게, 아프지 않게, 아 영원히!

詩人

1. 슬픔의 친구

하늘 아래, 나그네여

예언의 나팔을 불어라

시인들은

슬픔의 친구가 되어 살지만

기쁨의 노래로는 살지 않는다.

2. 총을 꽃으로

시인은

꽃을 총으로

만드는 사람

그리고

마침내

총을 꽃으로
만드는 사람,

3. 이스트 섬에
풀 한 포기
나무 한 그루
쓰르라미 한 마리
살지 않는 이스트 섬에
둥근 한 알의 詩를 심고
거기 사람의 그림자를
세우는…… 십자가처럼

오르페우스의 연가

달걀처럼 둥근 내 몸속에는
하늘과 땅이 들어와 날개를 펼친다
대지의 풀잎과 하늘의 구름이 물결친다
석가모니 수미산과 예수그리스도의 광야
마호메트 사막의 모래가 꿈을 뒤척인다
둥근 내 몸속에는 꽃피는 봄여름가을겨울
목신木神이 찾아와 목탁과 십자가가 된다
솟대를 세우고 가을 기러기를 날려 보낸다
때로는 우상과 하느님이 들어와 코를 곤다
내 몸속에는 베트남 망고와 야자수 열매가
때론 시베리아 마가목 열매가 툭 떨어진다
달걀처럼 둥근 내 몸속엔 자전과 공전하는
지구가 태양의 주위를 빙글빙글 돌아준다
내 몸속에는 아직 태어나지 않은 미래의
아이들이 연어처럼 강기슭을 때리며
달 떠오르는 마을로 떼 지어 간다.

사람 몸 향기에 밀려

타이베이 '녹도綠島'라는 섬에 가서 보았네
한때는 백색테러 수용소로 악명이 높은 섬 녹도
그곳에서 지금도 터져 나오는 비명소리 들었네
사람을 잡아다 발가벗긴 몸뚱이에 꿀물을 발라
병정개미떼들이 기어 다니게 한 기막힌 고문도
아픔이여 마침내는 자라투스트라 초인도 총칼도
녹슬어서 사라진다는 것, 사람 몸 향기에 밀려서
저 태평양 깊은 파도 속으로 떠내려간다는 것을
아 그러나 시간이 흐른 다음에야 그런다는 것을
나 타이베이 남쪽 섬 녹도에 가서 알았네.

베트남

1

어쩌면 내가, 먼 옛날
그대의 나라 베트남에서
태어났는지도 모른다
내 몸속에 피고 지는 꽃들
하노이에서 호치민시까지
날아다니는 구름과 새와 하늘!
나는 그대, 그대는 나
내 몸을 만지면 그대가
만져진다 그대의 눈물과 피
용서해다오 나의 친구 베트남!
사랑한다 나의 영원한 베트남!

2

베트남 사람들은
하루도 거르지 않고
밤마다 집 앞 석등石燈에

불을 켜놓고 손 모은다
전쟁터에서 죽은 자식들이
고향에 돌아올 줄 알고

꼭 집을 찾아오리라 믿고
우기의 비바람 몰아쳐도
향을 뿌리며 석등에 불 켠다

프랑스식민지 73년(1862~1945)
프랑스와 식민전쟁 8년(1946~1954)
일본과 베트민전쟁 4년(1941~1945)
호치민 주석 베트남독립선언(1945. 9. 2.)
제네바협정으로 17도선 남북분단(1954. 7.)
아메리카와 통일전쟁 15년(1960~1975)

어쩌면 처음으로 전쟁이 터지기 전부터

아주 먼 옛날부터 사이공에서 하노이까지
석등에 불 켜놓고 두 손 모으는 베트남!

바로 이 석등에다
오랜 세월 불을 켜온 정신이
오늘날의 베트남을 남북통일시켰을 것이다!

노래, 정선 가는 길

—강기희 친구에게

내 이제 오대산 넘어서 가리라
내 이제 치악산 넘어서 가리라
가왕산 넘어 바위산 너덩걸도 넘어
그래, 태백산맥 저 불이不二 삼천리
오체투지로 오는 가을과 같이 가리라
양초와 성냥통 쌀 몇 됫박 짊어지고
내 산도적 같은 강기희네 집 찾아가리라
10·27 법난* 시절 총 들고 들어온
군인들을 향해 온 산천 쩌렁쩌렁 울린
월정사 탄허스님*의 정정한 모습도
저 강원도 오대산 나무들에게서 보리라
"네 이놈들, 총 들고 법당 들어오려거든
불알만 차고 들어오는 게 절 법도이니라"
추상秋霜같은 목소리 물소리로 들으면서
내 산 첩첩 원주하고도 정선에 닿으리라
산도적 같은 강기희 친구와 바라보리라
저 산이 어찌하여 물은 흘러가게 하고

어찌하여 바윗돌은 크게 세워두는가를
내 산 첩첩 정선 가는 길에서 알리라
눈 쌓인 산봉우리에 둥글게 떠오르는
둥근 달 보리라 아 그대들도 보리라.

* 법난法難: 불교교단이나 불자들에게 가해진 불법 박해. 10·27법난은 1980년 10월 27일, 전두환 신군부가 조계종 승려 등 불교계 인사 153명을 강제연행하고 전국 사찰과 암자 5,731곳을 군경병력 3만 2천여 명 투입, 불자들을 삼청교육대로 보낸 사건.
* 탄허呑虛스님(1913~1983): 1961년부터 10년에 걸쳐 '화엄경' 80권(원문 10조 9만 5천 48자-원고지로 6만 2천 500장)을 직접 번역 '한글대장경' 간행, 원효·의상대사 이래 최고의 불사佛事로 회자된다. 1983년 4월 24일(음력) 월정사 방산굴에서 '일체무언一切無言' 임종게를 남기고 입적. 세수 71세, 법랍 49세.

단테*의 지옥에서

셀 수 없이 많은
물고기의 배를 가른 식칼!

마지막엔 낫과 괭이와 도끼
탱크와 교수대 작두와 함께
지옥의 불! 용광로에 던져져
형체도 없이 사라지는
이빨 빠진 한 자루 식칼!

* 단테 알리기에리Dante Alighieri: 1265년 5월 피렌체에서 태어나 1321년 9월 14일 라벤나 聖프란체스코 성당에 영면. 『신곡*Divina Commedia*』은 1307년에 시작, 1321년에 완성.

레기스탄

사막의
한복판
레기스탄!

창칼을 든 병사들과
지존의 왕이 호령하던 자리

오늘은
그 왕과 병사들이
기념품을 파는 잡상인 되어
먼 나라 내게 미소를 던진다

순간 나는
이 광막한 사막의 한가운데서
그들이 즐겨 먹는 둥그런 빵을
입 안에 꾸역꾸역 밀어 넣었다

—그 빵은 티무르 대제大帝가

다 먹지 못하고 남긴 빵이었다.

신들의 선언

아무도
그 어떤 신God도
예루살렘 올리브나무 언덕
한 줌의 흙과 하늘을 빼앗아
갈 수 없었다 아가, 아가들이
어머니 가이아의 젖을 빨던
그 아득한 옛날부터, 아무도
오, 예루살렘의 눈물을
빼앗아갈 수는 없었다.

브람스의 레퀴엠

유난히도 눈이 많이 내리던 1980년대, 그해 겨울이었다. 김정환 시인과 나는 폭설을 뒤집어쓴 만큼 술에 취해 있었다. 그런데도 말똥말똥, 맨 정신이었다. "전두환이란 놈이 블랙리스트 명단을 만들어놓고 기습작전을 하듯이……" "그래, 싹쓸이 해버리겠다는 말이지. 캄보디아 킬링필드처럼!" 광주에서 한강을 건너간 나는 서울의 시인 김정환과 이마를 마주하며 얘기했다. 마포의 허름한 카페에서 록가수 전인권의 생음악을 들으며 베트남의 정글 같은 밤 속으로 깊숙이 빠져 들어갔다. 다음 날 아침, 한강물이 철썩거리는 소리도 들려오는 마포 김정환 시인의 아파트. 베를린 심포니 오케스트라가 이끌어가는 장중한 음악이 울려 퍼지고 있었다. 이 사람 잠도 없나? "준태 형! 브람스 레퀴엠 켜놨어요." 아니 아침부터 레퀴엠이야. 술에서 덜 깨어난 듯한 몸으로 눈을 비비자 그는 일상이라는 듯이 씨익, 웃었다. 어, 그래. DMZ가 가까운 서울의 한강변 마포아파트. 하얀 눈이 내리고 있었다. 카라얀보다는 오토 클렘페러의 연주를 즐겨 듣는다는 김정환, 나는 그가 듣는 아침 음악이 '레퀴엠'이라는 사실에 머리를 좌우로 흔들었다.

휠체어를 타고 지휘봉을 잡은 클렘페러와 한국의 시인 그의 아픔은 그렇듯 만나고 있는 것일까. 나는 분신자살한 서울농대 김상진 열사 장례식에서 그가 읽은 추모시와 옥중생활이 떠올랐다. 창밖은 눈보라였다.

아바이 詩人*

레닌의 펜은 붉은 피가 묻었기에
녹슬었고 그의 동상도 모조리 철거됐습니다.

아바이 시인의 펜은 詩가 젖어 있기에
녹슬지 않고 카자흐스탄공화국에 살아 있습니다
코흘리개 어린아이들의 입술, 두 눈동자에도!

* 아바이(1860~1904): 카자흐스탄공화국을 대표하는 최고의 시인. 그의 시 한 편을 소개한다. "사랑에는 말이 필요 없다네./사랑에는 그 자체가 음악이고 노래라네./그래서 진짜로 사랑하는 사람들은/눈짓으로 손짓으로 통한다네."

검

1

자르지 않고
베지 않기 위하여
번쩍, 벽에 걸려 있다

고구려의
최후처럼
그리고 시작처럼

검劍은 다만
통곡처럼 벽에 매달려
수천 년 세월을 버티고 있다

자르고 베고 찌르는 것은
본래 그 자신의 일이 아닌 것

검은 홀로 벽에 박혔다가

폭포처럼 쿵쿵 쏟아져 날아갈
그날을 기다리고 있다.

2
피가 묻으면
이미 검이 아니다

오 그러나
바닷가 천길 벼랑에 걸려

우르릉 쾅쾅—
파도소리에 씻기는 검 하나

지금은 멀리
수평선과 같이 놓여서
떠도는가 번쩍, 저 하늘을 베는가.

이 스타니슬라브 시인*

시인은 어느 나라에서나 영혼을 좇는가
스탈린의 나라에서도 부시의 나라에서도
에베레스트에서도 아프리카 희망봉에서도
황하와 양쯔강에서도 시인은 그러하는가
까레이스끼* 4세인 전주 이씨 스타니슬라브!
그대 태어난 곳 우슈토베*에서도 그러는가
할아버지가 물려준 마늘과 고추 매운맛을
양고기와 바꾸고 소비에트연방이 무너져도
까레이스끼 자존심을 샤먼에 빼앗기지 않고
그림도 그리는 젊은 시인 李 스타니슬라브
(먼 고향 우슈토베와 별들을 사랑한 소년!)
나는 그대의 슬프고 가난한 '詩몸'이 때로는
광야의 말발굽에 밟혀서 까무라치는 것을
텐산산맥의 붉은 저녁노을 속에서 목격한다
수메르와 코란, 바이블이 굶주린 낙타 등에
실려 어두컴컴 사라져가는 중앙아시아 사막!

* 이李 스타니슬라브: 1959년 카자흐스탄 우슈토베 출생. 알마티에서 1985년 첫 시집 『이랑』, 1997년 서울에서 『별들은 재 속에서 간혹 노란색을 띤다』를 간행함.
* 까레이스끼: 고려인.
* 우슈토베: 소련 스탈린의 강제이주정책으로 1937년 10월부터 극동 연해주에서 추방당한 고려인들의 최초의 정착지.

비파나무

10월
햇살에
반짝

진초록
악기를 켜는
비파나무!

어느
지음인*이
뜯는가

오늘도
아픈 사랑
바람에 젖는다.

* 지음인知音人: 백아가 거문고 줄을 끊었다는 '백아절현伯牙絶絃'의 고사. 마음 깊은 곳까지 통하는 절친한 친구를 가리킨다. 『열자列子』에 나온다.

인간은 하느님보다 더 엄숙하고 위대하다!

—캄보디아 중고타이어센터 수리공 노동자에게 배우다

오른쪽 어깨가 완전히 잘려져 나간 40대쯤의 A급 장애인이 그것을 탓하지 않고 왼손으로 중고타이어를 차에 끼워 넣기 위해 쇠말뚝을 부여잡고 몸부림을 다하는 모습을 facebook을 통해 보다가 나도 모르게 두 손을 모으고 기도했다 가족들의 생계를 위해 일하는 땅 위의 인간은 어쩌면 하늘보다 높은 땅에서 살고 있기에 엄숙하고 위대하다 아 인간만이 땀과 눈물, 자신의 피를 흘리며 일어선다는 것을 보면서 성호를 그었다.

제4부

Requiem, 세월호

Requiem*, 세월호

아 세월호! 2014년 4월 15일 저녁 9시 인천연안터미널을 출발하여 제주로 향하던 청해진해운 소속 여객선 세월호는 4월 16일 오전 8시 50분경 전라남도 진도군 조도면 부근 해상 일명 맹골수도에서 전복된 후 4월 18일 완전히 침몰했다. 탑승인원 476명 중 295명 사망하고 9명이 실종되었으며 제주로 수학여행을 떠난 경기도 안산시 소재 단원고등학교 261명의 죽음은 바다의 왕 포세이돈을 비롯하여 5대양 6대주 천지신명을 울리고 분노케 하였으니 304명 넋들을 천길 바다 속으로 끌고 들어간 '사이렌의 노래'를 누가 불렀는가…… 코리아의 한복판에서 난파당한 세월호!

"누가 이제 / 누가 우흐흐── / 칼을 들어 / 불을 들어 / 온다! 온다! 온다!

1. 서녘바다, 304명의 와불臥佛

붉은 쇳덩어리 노을이 떨어진 바다

저 시퍼렇디 시퍼런 바닷속에 누워

파도를 토하는 304명의 와불들!
그들이 뿌리에서부터 일어나고 있다
산 자들과 죽은 자들 세상 바꾸려고,

2. 무가巫歌
던져라 꽃
던져라 술
던져라 밥

서녘바다
저 바다에

퍼렇다
떼죽음당한
시간
퍼어렇다
떼죽음당한

파도

떼죽음당한
불두화 향기

떼죽음당한
싯다르타
떼죽음당한
사람의 아들

던져라 꽃
던져라 술
던져라 밥

서녘바다
저 바다에

누가

이제

누가

우흐흐—

칼을 들어

불을 들어

온다! 온다! 온다!

3. 해비海碑

304명 넋들아

천지현황 둥근 하늘 넋들아

안산시 단원고등학교 261명 넋들아

민들레야 제비꽃아 참꽃마리꽃아

비둘기야 파랑새야 하늘종달새야

바다제비야 붉은머리오목눈이새야
진달래야 수선화야 오동나무꽃아
풀여치야 물거미야 방아치기야
비파나무야 수련꽃아 달맞이꽃아

은방울꽃아 봉숭아야 베고니아꽃아
꽃나비야 흰나비야 노랑나비야
팬지꽃아 원추리야 히아신스야
종달새야 비비추야 카나리아야
소금쟁이야 달팽이야 청개구리야
솔매미야 잠자리야 아기메뚜기야

만병초야 백두산 두메자운꽃아
샛바람아 높새바람아 하늬바람아
찔레꽃아 접시꽃아 해바라기야
코예쁜고니새야 나도바람꽃아
완두콩아 강낭콩아 한라산유채꽃아

괭이갈매기야 뉘엿뉘엿 저녁노을아

단원고 261명 봄여름가을겨울 별들아
하늘로 오르는 세월호 304명 넋들아
등대! 하나 둘 셋…… 고운 넋들아!

4. 다시라기*
던져라 꽃
던져라 술 던져라 밥
서녘바다 저 바다에

펴렇다 떼죽음당한 시간
펴어렇다 떼죽음당한 파도
떼죽음당한 불두화 향기

떼죽음당한 싯다르타
떼죽음당한 사람의 아들

떼죽음당한 하늘과 땅

한 마리 새가 죽으면
밤하늘 별들도 눈을 감고
한 송이 백합꽃이 꺾이면
세상의 모든 꽃들도 시들고

떼죽음당한
사랑과 사랑의 실체
304명의 심장, 영혼들아
밥을 뿌리면 밥에 붙어서
술을 뿌리면 술에 붙어서
꽃을 뿌리면 꽃에 붙어서

바닷길 닦으면 오라
황천길 닦으면 촛불 밝혀
오라 강강술래로 오거라

둥근 달 앞세우고

우리 새끼들 일으켜 세우세
이승에서 죽으면 저승에서 살리고
저승에서 죽으면 이승에서 살리고
보내세
젊은 청춘들 좋은 세상으로!
배 가득히 법고法鼓 운판雲版 목어木魚 실어서
둥둥 북 울려 보내세 두둥실 멀리!

오매 그리하여 우흐흐──
누가 칼을 들어 불을 들어
온다! 온다! 온다! 오고 있네!
이 땅의 우리가 저들을 버렸으므로
또다시 저들을 바다에 밀어 넣을지 몰라

던져라 꽃

던져라 술 던져라 밥
서녘바다 저 바다에
퍼렇다 떼죽음당한 시간
퍼어렇다 떼죽음당한 파도
떼죽음당한 불두화 향기

떼죽음당한 싯다르타
떼죽음당한 사람의 아들
떼죽음당한 하늘과 땅

한 마리 새가 죽으면
밤하늘 별들도 눈을 감고
한 송이 백합꽃이 꺾이면
세상의 모든 꽃들도 시들고

떼죽음당한
사랑과 사랑의 실체

304명의 심장, 영혼들아

밥을 뿌리면 밥에 붙어라
술을 뿌리면 술에 붙어라
꽃을 뿌리면 꽃에 붙어서
어서 오라 어서 오라
저 바다 위에 배를 띄우고
춤을 추어라 별들의 춤을!!

5. 아기인형
아파트 앞 길목에서
어느 집 아이가 놀다가
그만 떨어뜨렸을지 모를
둥근 얼굴의 아기인형!

그냥 지나칠 수 없어
허리를 구부려 줍는다

녀석을 목련나무에
처음처럼 걸어놓는다

아, 활짝 핀 목련꽃!
그리고 둥근 아기인형
아이엄마가 찾아가리라
생각하며 가만히 쓰다듬다

—세월호*가 바다 위에
떠오른 3월 봄날이었다.

6. 귀환
세월호가 돌아오네
지옥과 천국이 덩어리로
침몰, 바닷속을 떠돌던
나의 몸뚱어리 돌아오네
아 우리의 몸이 돌아오네

서로가 만져지는 몸으로
뱃고동 울리며 돌아오네
그래, 봄우레 치듯!

7. 혼무魂舞
돌아오네 참말로
우리 새끼들 돌아오네
저 바다에 꽃을 뿌리고
이 바다에 밥을 뿌리니
둥둥둥 촛불 올리니

우리 새끼들 돌아오네
304명 곱디고운 새끼들
너무도 예쁜 우리 새끼들
저 강산에 눈물 보내고
이 강산에 앞가슴 치니

제비처럼 날아오네
제비 떼처럼 돌아오네
(정절의 아내 페넬로페를 빼앗고
그녀의 아들마저 죽이려 했던, 고향
이타카의 건달과 악마들을 화살로 쏘아
쓰러뜨린, 트로이전쟁 그리스의
영웅, 에게해의 율리시스처럼)

우리 아이들이 돌아오네
304명 모두 다 장군이 되어
돌아오네 (어둠의 질긴 살덩어리,
사람 잡는 선무당, 몰골도 괴상한
귀신을 불칼로 태워 없앤 세월호의
아이들, 우리의 장군들이 돌아오네)

산 자가 죽은 자를 일으켜 세우고
죽은 자도 산 자를 일으켜 세우는

아 대한민국 촛불들 모두가 만세!

아 코리아 촛불들 모두가 영원히!

이 강산 곳곳에 하나됨의 평화를!

8. 세월호

먼 수평선

우리가 죽고

또 죽은 후에도

영원히

가라앉지 않고 떠 있을

304명의 하얀 울음의 씨앗들!

* 레퀴엠requiem: 진혼곡.
* 다시라기: 죽은 넋들이 잘 가도록 저승길을 환하게 닦아주는 '씻김굿'으로 제의祭儀. 오랜 옛날부터 한반도 남녘땅, 해남과 진도 바닷가에서 행해져온 진혼제.
* 세월호는 2017년 3월 31일 오후 1시 15분, 서해 침몰해역 맹골수도에서 바지선에 실려 목포항에 내린다.

| 해 설 |

평화통일의 시학

맹문재(시인, 문학평론가)

1

김준태 시인의 『쌍둥이 할아버지의 노래』는 한국 사회의 모든 모순이 민족 분단에서 발생한다고 진단하고 그 극복 방안으로 평화통일을 제시하고 있다. 분단을 극복하지 못하는 한 한국의 민주주의는 실현되기 어려울 뿐만 아니라 인권 유린과 불평등한 부의 분배를 개선할 수 없다고 파악한다. 또한 제국주의 국가들로부터 정치적인 독립은 물론 경제적, 문화적, 군사적 독립이 어렵다고 본다. 삼엄한 신군부의 언론 통제를 뚫고 「아아 광주여, 우리나라의 십자가여」를 발표해 5·18 민주화운동을 전 세계에 알렸을 뿐만 아니라 1980년대 민주화운동의 도화선을 마련하는 데 함께한 시인의 진단 및 인식이기에 주목된다. 국민들의 통일의식이 점점 약화되고 있기에 더욱 그러하다.

서울대학교 통일평화연구원이 2017년에 시행한 설문조사에 따르면 통일이 '매우 필요하다'고 응답한 경우가 16.5%, '약간 필요하다'고 응답한 경우가 37.9%로 통일이 필요하다는 의견이 전체의 절반을 넘지만 매우 필요하다는 의견은 적은 편이다. 2007년 조사를 시작한 이래 이와 같은 경향은 계속 심화되고 있는데, 민족 통일에 대한 국민들의 열망과 의지가 감소하는 것으로 볼 수 있다. 50대와 60대는 62.0%와 67.0%가 통일이 필요하다고 응답했던 데 비해 20대와 30대는 41.4%와 39.6%가 필요하다고 응답해 세대 간의 통일의식이 큰 차이를 보이고 있다. 젊은 세대는 사회적으로 경제적으로 어려움을 겪고 있으므로 통일의 필요성에 대해 부정적인 태도를 보이는 것이다. 통일을 이루는 것과 남북한의 민주화에 어떤 상호관계가 있는가에 대한 조사에서는 '통일이 되어야 남한에 완전한 민주주의가 이루어진다'는 응답이 26.5%, '민주주의가 완전히 이루어져야 통일이 가능하다'는 응답이 27.1%, '통일과 민주주의는 아무런 관계가 없다'는 응답이 46.3%로 나타났다. 통일과 민주주의 문제를 개별적인 것으로 생각하는 경우가 상당하다는 것을 알 수 있다.[1]

1. 정근식 외, 『2017 통일의식조사』, 서울대학교 통일평화연구원, 2018, 34~53쪽.

실제로 통일의 가치를 우선적으로 내세우면서 민주주의 가치를 희생시킨 적이 있었다. 가령 1972년 7·4 남북공동성명을 발표한 이후 박정희 정권은 남북통일을 위한다는 명분으로 유신헌법을 공포하고 긴급조치를 발동했다. 민족 통일을 명분으로 민주주의를 후퇴시키고 국민의 인권을 유린한 것이다. 따라서 남북한의 통일은 민주주의 가치를 실현하는 방향으로 추진되어야 한다.

그렇지만 민족 통일과 민주주의를 별개의 과제라거나 선후의 과제라고 여기는 것은 재고할 필요가 있다. 민족 통일을 이룬 뒤 민주주의를 이루어야 한다거나 민주주의를 이룬 뒤 민족 통일을 이루어야 한다는 논리는 정당화될 수 없다. 민주주의를 추구하지 않는 민족 통일이나 민족 통일을 지향하지 않는 민주주의는 국민들로부터 동의받기 어려운 것이다. 따라서 "민족 통일은 소수 기득권자를 제외한 국민 대다수가 원하는 일이기 때문에 그것을 실현하는 일이 곧 민주주의의 실현이라는 말입니다."[2]라는 의견을 새겨들을 필요가 있다.

실제로 한국 국민들은 민족 통일을 현실적인 차원보다는 당위적인 차원에서 인식하고 있다. 가령 통일을 해야 하는 이유로 '같은 민족이니까'로 응답한 경우가 40.3%로 가장 높고, '전쟁 위협을 없애기 위해'라는 응답이 32.5%, '한국이 보다

2. 문익환, 『통일은 어떻게 가능한가』, 학민사, 1984, 48쪽.

선진국이 되기 위해'라는 응답이 12.5%, '이산가족의 고통을 해결해주기 위해'라는 응답이 10.5%, '북한주민도 잘살 수 있도록'이라는 응답이 4%였다.[3] 국민들은 통일 문제를 같은 민족이라거나 이산가족의 고통을 해결해주려는 당위적인 차원에서 접근하고 있는 것이다. 물론 남북한 사이의 전쟁 위협을 해소하기 위해서라거나 선진국으로 도약하기 위해서 통일이 필요하다고 생각하는 경우도 상당하다. 남북한의 군사적 대치는 물론이고 북미 간의 군사적 긴장이 높아질수록 현실적인 차원에서 통일이 필요하다고 인정할 것이다. 이렇듯 민족 통일은 한국 사회가 안고 있는 문제들과 밀접한 관계를 맺고 있는데, 김준태 시인은 그 상황들을 반영하면서 극복할 방향을 제시하고 있다.

2

붉은 쇳덩어리 노을이 떨어진 바다
저 시퍼렇디 시퍼런 바닷속에 누워
파도를 토하는 304명의 와불들!
그들이 뿌리에서부터 일어나고 있다
산 자들과 죽은 자들 세상 바꾸려고,

3. 정근식 외, 앞의 책, 37~39쪽.

—「Requiem, 세월호 - 1. 서녘 바다, 304명의 와불臥佛」 전문

한국 사회에서 "세월호" 참사는 특정한 사고를 지칭하는 것을 넘어 국민의 생명과 국가의 윤리가 좌초된 사건을 대변하는 상징어로 각인되고 있다. 국민들은 죽음을 방치하고도 기만했던 정부에 대해 분노하면서 다른 한편으로는 이기적 자본주의에 길들여진 자신을 반성하고 사회적 정의를 다시 생각하는 것이다. "세월호" 참사로 인한 죽음을 개인의 책임이나 운명으로 돌려서는 안 된다고 자각하고, "304명의 와불들"이 "뿌리에서부터 일어나"는 것에 죄책감과 아울러 용기를 가지고 함께하는 것이 그 모습이다. 그것만이 죽은 자에 대한 산 자의 인간적인 도리라고 여기고 "산 자들과 죽은 자들 세상 바꾸려고" 나서는 것이다.

2014년 4월 15일 오후 9시에 안산 단원고 학생 325명을 포함한 총 476명, 차량 180대, 화물 3,608톤 등을 싣고 인천여객터미널을 출항한 세월호는 4월 16일 오전 8시 48분 맹골수도에서 급격하게 변침한 뒤 중심을 잃고 기울어지기 시작했다. 그렇지만 청와대, 해경, 안전행정부 등의 국가기관이 구조조치를 제대로 취하지 않아 10시 31분에 세월호는 바다 속으로 침몰하고 말았다. 304명이 희생된 대참사 이후 정권 교체가 이루어지는 등 많은 변화가 있었지만 아직까지 바다 속에서 돌아오지 못한 생명들이 있다. 슬픔에 빠진 유가족과 국민들을

위해 끝까지 세월호 참사의 진실을 규명할 것이라는 대통령의 약속이 있지만, 사람들은 믿지 않는다. 그만큼 국민들은 세월호 참사를 겪으면서 국가의 무기력과 무책임과 기만에 충격 받은 것이다. 그리하여 국민들 스스로 세월호 참사를 망각하지 않고 희생자들을 위로하기 위해 나서는 것이다.

던져라 꽃
던져라 술 던져라 밥
서녘바다 저 바다에

퍼렇다 떼죽음당한 시간
퍼어렇다 떼죽음당한 파도
떼죽음당한 불두화 향기

떼죽음당한 싯다르타
떼죽음당한 사람의 아들
떼죽음당한 하늘과 땅

한 마리 새가 죽으면
밤하늘 별들도 눈을 감고
한 송이 백합꽃이 꺾이면
세상의 모든 꽃들도 시들고

떼죽음당한

사랑과 사랑의 실체

304명의 심장, 영혼들아

밥을 뿌리면 밥에 붙어서

술을 뿌리면 술에 붙어서

꽃을 뿌리면 꽃에 붙어서

바닷길 닦으면 오라

황천길 닦으면 촛불 밝혀

오라 강강술래로 오거라

둥근 달 앞세우고

우리 새끼들 일으켜 세우세

이승에서 죽으면 저승에서 살리고

저승에서 죽으면 이승에서 살리고

보내세

젊은 청춘들 좋은 세상으로!

배 가득히 법고法鼓 운판雲版 목어木魚 실어서

둥둥 북 울려 보내세 두둥실 멀리!

오매 그리하여 우흐흐——

누가 칼을 들어 불을 들어

온다! 온다! 온다! 오고 있네!

이 땅의 우리가 저들을 버렸으므로

또다시 저들을 바다에 밀어 넣을지 몰라

—「Requiem, 세월호 - 4. 다시라기」 부분

위의 작품의 화자는 "던져라 꽃/던져라 술 던져라 밥/서녘 바다 저 바다에"라고 산 자로서 죽은 자를 위한 진혼곡을 부르고 있다. 화자는 "떼죽음당한" "304명"을 석가모니가 출가하기 전의 태자 이름인 "싯다르타"라거나 "사람의 아들"이라거나 "하늘과 땅"이라고 부른다. 희생자들을 지구에서 목숨을 다한 유한한 존재로 보지 않고 석가모니와 동격이고 하늘과 대지와 함께하는 우주적인 존재로 인식하는 것이다. "한 마리 새가 죽으면/밤하늘 별들도 눈을 감고/한 송이 백합꽃이 꺾이면/세상의 모든 꽃들도 시들"고 만다는 세계인식에서도 볼 수 있다.

그리하여 화자는 "사람의 아들"을 이 세상에서 사라지지 않고 다시 살아오는 존재로 만들고자 한다. 전라남도 진도와 해남 지방에서 죽은 자와 산 자를 달래는 장례 의식으로 전해져 내려오는 "다시라기" 혹은 '다시래기'의 의미처럼 '다시 낳는다'고 믿고 "바닷길 닦으면 오라", "황천길 닦으면 촛불 밝혀/오라"고 노래 부른다. "강강술래로 오거라/둥근 달 앞세우고"라고 흥겹게 부르기도 한다. 그 결과 "우리 새끼들 돌아오네/저 바다에 꽃을 뿌리고/이 바다에 밥을 뿌리니/둥둥둥 촛불 올리니//우리 아이들이 돌아오네/304명 모두 다 장군이 되어/돌아오네" 하며 기뻐한다.

"떼죽음당한 사람의 아들"을 살아오게 하는 주체는 다름 아니라 민중들이다. 희생자들은 힘없고 가난한 사람의 자식이었기 때문에 구조되지 못했다. 만약 그들이 사회적인 권세가 높고 부유한 집안의 자식이었다면 허무하게 희생당하지 않았을 것이다. 참사 뒤의 수습 과정도 좀 더 신속하고 투명했을 것이다. 그리하여 민중들이 "우리 새끼들 일으켜 세우"고자 나섰다. "이승에서 죽으면 저승에서 살리고/저승에서 죽으면 이승에서 살리"자고, "젊은 청춘들 좋은 세상으로" 보내자고 일어선 것이다. 더 이상 국가에 의지할 필요가 없다고 판단하고 "이 땅의 우리가 저들을 버렸으므로/또다시 저들을 바다에 밀어 넣을지" 모른다고 반성하고 경계하면서 "산 자가 죽은 자를 일으켜 세우고/죽은 자도 산 자를 일으켜 세우는/아 대한민국 촛불들"(「Requiem, 세월호 - 7. 혼무魂舞」)이 된 것이다.

수백 명의 승객을 태운 배가 속수무책으로 바다 속으로 가라앉는 모습을 텔레비전의 생방송으로 보면서 국민들은 망연자실했다. 안타까움과 슬픔을 넘어 분노가 치밀어 올랐다. 구조할 수 있는 시간이 충분한데도 불구하고 국가는 어디에도 없었다. 그런데도 불구하고 아직까지 세월호 참사의 진실은 밝혀지지 않고 있다. 그리하여 세월호 사건은 과거의 한 사고로 묻히지 않고 현재의 사회 모순이며 왜곡된 역사를 인식하는 동력이 되고 있는 것이다.

3

제노사이드
집단대학살

그들이
쳐들어
왔을 때

아, 제주
1948년……

대장장이는
쇠를 달구어
칼과 창을 만들고

옹기장이는

가마에 불 넣어
밥그릇을 만들었다
한라산의 붉은 흙으로!

여자들은
자신의 옷을 찢어
내일 태어날 아가들의 옷을 만들었다!

—「제주, 1948년」 전문

"제주 / 1948년"에는 "제노사이드 / 집단대학살"이 자행되었다. 민족해방으로 부풀어 올랐던 민중들은 대흉년과 미곡정책의 실패, 실직, 생활품 부족, 전염병인 콜레라 만연 등에 제대로 대처하지 못하는 미군정에 실망하고 있었다. 또한 일제강점기의 경찰들이 민족의 죄인으로 처벌받지 않고 오히려 미군의 경찰로 변신한 뒤 모리 행위를 일삼자 분노하고 있었다. 그리하여 남한의 단독 정부 수립을 주장하는 이승만에 반대하는 건국준비위원회 및 남로당 계열에 호의적이었다. 그러던 중 1947년 제주 북초등학교에서 열린 3·1절 기념식에서 어린아이가 기마 경관의 말발굽에 치이는 사고가 일어났다. 경찰은 민중들의 사과 요구를 거절했을 뿐만 아니라 경찰서에 쫓아온 이들에게 발포했다. 미군정도 6명의 사람이 사망하고 여러 명이 다쳤는데도 불구하고 사과하기는커녕 정당방위로 규정하고 3·1절 행사의 관련자들을 연행했다.

그뿐만 아니라 민중들이 총파업과 항전 등으로 맞서자 동조자는 물론 관련 없는 사람들까지 잔혹하게 진압했다. 한국전쟁 동안에는 보도연맹 가입자나 요시찰자 등을 학살했고, 형무소에 수감되어 있던 4·3 항쟁 관련자들을 즉결 처분했다. "그들이/쳐들어/왔을 때" 1만 명 이상의 민중들이 희생당한 것이다.

그렇지만 "제주"의 민중들은 전멸하지 않았다. "대장장이는/쇠를 달구어/칼과 창을 만들"었고, "옹기장이는/가마에 불 넣어/밥그릇을 만들었"으며, "여자들은/자신의 옷을 찢어/내일 태어날 아가들의 옷을 만들었다". 모순된 국가의 폭력에 희생되면서도 끈질긴 생명력으로 살아남은 것이다. 이와 같은 모습은 5·18 광주민주화운동의 상황에서도 볼 수 있다.

1. 꽃에게

봄날, 꽃이
피지 않는다면
꽃의 향기가 없다면
세상은 얼마나
삭막하고 어두울까.

2. 밥과 꽃

밥은 사람 몸속으로 들어가
피와 살을 만들어주고

꽃은 그의 고운 향기로
사람의 영혼을 부풀어 오르게 한다
둥그렇게, 아프지 않게, 아 영원히!

—「봄, 금남로에서」 전문

위의 작품의 화자는 봄날 "금남로"를 지나면서 "꽃"을 노래하고 있다. "봄날, 꽃이/피지 않는다면/꽃의 향기가 없다면/세상은 얼마나/삭막하고 어두울까"라며 꽃이 피어나기를 기대하고 있는 것이다. 화자가 꽃을 노래하는 이유는 사람의 영혼을 밝혀줄 수 있다고 생각하기 때문이다. "밥은 사람 몸속으로 들어가/피와 살을 만들어주"는 것이라면 "꽃은 그의 고운 향기로/사람의 영혼을 부풀어 오르게 한다"고 믿는 것이다. 그리하여 화자는 "금남로"의 민중들이 "꽃"이 핀 세상에서 살아갈 수 있기를 희망한다. "둥그렇게, 아프지 않게, 아 영원히!" 살아갈 수 있기를 기원하는 것이다.

화자의 이와 같은 바람에는 이전의 "금남로"는 "꽃"이 피어날 수 없는 곳이라는 의식이 들어 있다. "아아, 살아남은 사람들은/모두가 죄인처럼 고개를 숙이고 있구나/살아남은 사람들은 모두가/넋을 잃고 밥그릇조차 대하기/어렵구나 무섭구나/무서워 어쩌지도 못하는구나"(「아아 광주여, 우리나라의 십자가여」)라는 토로에서 확인된다. 따라서 화자가 "금남로"에 "꽃"이 피어나기를 바라는 것은 역사의식의 표명인 것이다.

1979년 10·26사건으로 말미암아 유신체제는 막을 내렸지만 광주의 "금남로"는 피로 물들었다. 유신헌법의 개정으로 민주주의 회복을 기대했던 국민들의 염원과는 다르게 전두환을 중심으로 한 신군부는 정보기관과 언론 등을 장악한 뒤 정권욕을 드러내었다. 5월 17일 비상계엄을 전국으로 확대하면서 퇴진을 요구하는 대학생들을 비롯해 정국 운영에 장애가 되는 세력을 제거해 나갔다. 국회 해산, 국가보위 비상기구 설치, 정치활동 금지, 휴교령, 언론보도 검열 강화 등으로 민주주의 체제를 옥죄었는데, 5월 18일 그 전술 차원에서 전두환 퇴진, 비상계엄 해제, 김대중 석방 등을 요구하는 광주 지역 대학생들을 공수부대를 투입해 진압했다. 그뿐만 아니라 수천 명의 무고한 시민들까지 살상하는 만행을 저질렀다. 1993년 문민정부 출범 이후 5·18 광주민주화운동에 대한 재평가가 이루어지고 있지만, 작품의 화자는 피로 물들었던 "금남로"에 아직 "꽃"이 피어나지 않았다고 본다. 그리하여 모순된 역사를 극복하기 위한 노래를 부르는 것이다.

4

하얀 옷
백합의 향기여
우리 사람 몸이여

해와 달이
거꾸로 돈다 한들
그럴 리야 없겠지만

남북이 서로
눈감고 불총을 쏘면
하늘에 젖을 물려준
어머니의 말씀 버리면

아마겟돈
쾅쾅, 우주가
폭발하는 소리?

한반도는
풀 한 포기커녕
꽃 한 송이 피지 않고

새 한 마리 날아오지 않을 것이다

두드릴 목탁은커녕
십자가를 만들어 세울
한 그루 나무도 자랄 수 없을 것이다!

—「아마겟돈, 경고!」 전문

위의 작품의 화자는 "해와 달이/거꾸로 돈다 한들/그럴 리야 없"을 것이라고 믿으면서도 만약 "남북이 서로/눈감고 불총을 쏘면" "아마겟돈"의 세상이 된다고 경고하고 있다. "하늘에 젖을 물려준/어머니의 말씀 버리면", 즉 형제들이 서로 싸우지 말고 사이좋게 살아가라는 어머니의 말씀을 지키지 않으면 제대로 살아갈 수 없다는 것이다.

『신약성경』의 「요한계시록」 16장 16절에는 "세 영이 히브리 음으로 아마겟돈이라 하는 곳으로 왕들을 모으더라"고 기록되어 있다. "아마겟돈"의 의미는 '마겟돈 산'으로 실제의 장소이기도 하겠지만 하나님과 세속의 세력이 대결하는 상징적인 장소를 의미한다. 하나님이 악의 세력을 패배시킬 종말론적인 전쟁을 치르는 장소인 것이다. 그리하여 「요한계시록」 16장 19~20절에는 "큰 성이 세 갈래로 갈라지고 만국의 성들도 무너지니 큰 성 바벨론이 하나님 앞에 기억하신 바 되어 그의 맹렬한 진노의 포도주 잔을 받으매/각 섬도 없어지고 산악도

간 데 없더라"라고 기록되어 있다. 일곱 천사가 하나님 진노의 일곱 대접을 땅에 쏟으니 악하고 독한 부스럼이 나고, 바다에 쏟으니 모든 생물들이 죽고, 강과 물의 근원에 쏟으니 모두 피로 변하고, 해에 쏟으니 불로 사람들을 태우고, 짐승의 보좌에 쏟으니 어둠과 고통을 겪고, 큰 강 유프라테스에 쏟으니 강이 마르고 전쟁을 위해 왕들이 모이고, 공기에 쏟으니 큰 우박이 내려 결국 바벨론이 멸망하리라고 예언한 것이다.

위의 작품의 화자는 전쟁터의 상징으로 여겨지는 그 "아마겟돈"을 인유하면서 남북한이 무력 전쟁을 하면 종말의 결과를 가져올 것이라고 예견하고 있다. 바벨론이 멸망했듯이 "한반도는/풀 한 포기커녕/꽃 한 송이 피지 않고/새 한 마리 날아오지 않을 것"이라고, "두드릴 목탁은커녕/십자가를 만들어 세울/한 그루 나무도 자랄 수 없을 것"이라고 경고하는 것이다.

어떠한 전쟁도 인정할 수 없다. 설령 민족의 통일을 위한다는 명분을 가진 경우에도 마찬가지이다. 전쟁은 인간이 인간답게 살아갈 수 없도록 가하는 폭력 중에서 가장 크고 잔인한 것이다. 폭력은 항상 명분을 갖고 있지만 모두 허위일 뿐이다. 그러므로 "의상義湘더러 삼국통일 안 되도 좋으니 제발 전쟁하지 말자고 원효는 피를 토하며 보리수나무 목탁을 쳤다 고구려 백제 신라 사람들 총칼로 서로 죽여서는 안 된다고 궁극으로는 통일해야 한다"(「원효元曉」)라고 말한 원효의 화쟁和諍사상을 수용할 필요가 있다. 서로 다투지 않고 화해하며 지내야 궁극적으로 상생의 길이 열리는 것이다. 화쟁사상은 단순한 이론이 아니라 실천사상이기에 더욱 주목할 필요가 있다.

> 한 놈을 업어주니 또 한 놈이
> 자기도 업어주라고 운다
> 그래, 에라 모르겠다!
> 두 놈을 같이 업어주니
> 두 놈이 같이 기분 좋아라 웃는다
> 남과 북도 그랬으면 좋겠다.
>
> —「쌍둥이 할아버지의 노래」 전문

"한 놈을 업어주니 또 한 놈이/자기도 업어주라고" 울어대는 상황에서 "그래, 에라 모르겠다!/두 놈을 같이 업어주"는 화자의 자세야말로 화쟁사상을 실천하는 모습이다. 업어주는 순서를 정하거나 어떤 기준을 세우는 데 매달리다 보면 필요한 시기를 놓치고 만다. 오히려 질투를 동반하는 싸움에 휘말리고 만다. 따라서 화자가 양쪽의 요구를 모두 적극적으로 수용한 것은 올바른 판단이고 실행이다. 그 결과 "두 놈이 같이 기분 좋아라 웃는" 것이다.

화자는 이와 같은 상황을 두고 "남과 북도 그랬으면 좋겠다"고 의미를 확대한다. 개인적인 차원의 의미를 민족적인 차원으로 확대해서 적용하는 것이다. 그리하여 대립적인 존재를 상생적인 존재로 만드는 하나의 전형을 창조하고 있다. 구체적인 상황에서 보편적인 상황을, 현상의 의미에서 본질의 의미를 인식시키는 것이다.

여기를 봐요!
서울과 평양 사이
녹슨 가시철조망 속에
저 먼 먼 하늘에서
달걀 하나 내려오네요

70년을 피와 눈물로 품은
오, 젖은 흰옷으로 닦아낸
배달겨레의 둥근 달걀 하나!

밖에서 남녘땅 닭이 쪼고
안에서 북녘땅 닭이 쪼니
노오란 봄병아리가 나온다

어, 둥근 달걀 하나에서
7,500만 마리 병아리가
오종종 오종종 걸어나온다!

수탉은 홰를 치며

70년 만에 새벽하늘을 열고

좋다, 바야흐로 줄탁동시라!

—「좋다, 줄탁동시啐啄同時라!」 전문

위의 작품은 『벽암록』 제16칙인 「경청줄탁기鏡淸啐啄機」를 인유하고 있다. “어느 날 한 중이 경청 화상에게 찾아와 “저는 이미 대오 개발의 준비가 되어 껍질을 깨뜨리고 나가려는 병아리와 같으니, 부디 화상에게 껍질을 쪼아 깨뜨려주십시오” 하고 말했다. 경청 화상이 “과연 그래 가지고도 살 수 있을까, 어떨까?” 하자, 그 중은 “만약 살지 못하면 화상이 세상의 웃음거리가 되죠” 했다. 경청은 “이 멍청한 놈!” 하고 꾸짖었다.”[4]라는 실화가 본칙本則이다. 중이 고불古佛의 가풍에 함부로 대들었다가 혼나는 장면으로 그는 아직 껍질 속에 있는 것이다.

알 속에서 충분히 자라난 병아리가 때가 되어 알 밖으로 나오기 위해 부리로 껍질을 쪼는 것이 ‘줄’이고, 그 소리를 들은 어미 닭이 새끼가 나오는 것을 도와주려고 같은 부분을 쪼아 깨뜨리는 것이 ‘탁’이다. 불교에서는 수행자가 병아리이고, 깨우침을 일러주는 스승이 어미 닭이다. 병아리와 어미닭이 안과 밖에서 동시에 쪼아야 하듯이 제자와 스승도 같은 관계이

4. “擧. 僧問鏡淸, 學人啐, 請師啄, 淸云, 還得活也無. 僧云, 若不活遭人怪笑. 淸云, 也是艸裏漢.” 안동림 역주, 『벽암록』, 현암사, 2001, 133~134쪽.

다. 제자는 충분한 수양을 통해 알을 쪼아야 하고, 스승은 제자를 잘 보살펴 적당한 시기에 깨우침을 열어주어야 하는 것이다.

위의 작품은 "서울과 평양 사이/녹슨 가시철조망 속에/저 먼 먼 하늘에서/달걀 하나 내려"온 상황을 설정하고 있다. 그 "달걀"은 "70년을 피와 눈물로 품은/오, 젖은 흰옷으로 닦아낸/배달겨레"를 나타낸다. 그리하여 "밖에서 남녘땅 닭이 쪼고/안에서 북녘땅 닭이 쪼"면 "7,500만 마리 병아리가/오종종 오종종 걸어나"오는 것이다.

남녘땅의 닭이 달걀의 밖에서 쪼고 북녘땅의 닭이 달걀의 안에서 쪼는 장면을 "줄탁동시"의 원뜻에 국한시켜 해석할 필요는 없다. 달걀을 쪼는 주체자의 위치보다도 쪼는 행위 자체가 중요하기 때문이다. 따라서 남북한이 평등한 관계이자 협력하는 관계로 정치, 경제, 사회, 문화 등 각 방면에서 교류하는 모습으로 이해하면 되는 것이다.

북한이 남북한의 교류를 위해 스스로 체제를 바꿀 가능성은 희박하다. 따라서 북한이 변화를 가져오도록 하기 위해서는 남한이 좀 더 변해야 한다. 이와 같은 차원에서 남한이 북한에 지원하는 '햇볕정책'을 퍼주기로 비난해서는 안 된다. 지원에 대한 투명한 점검을 요청하는 것이 아니라 이기적이고 근시안적인 반대에 불과하기 때문이다. 북한에 대한 지원은 퍼주기가 아니라 남북한 사이에 신뢰를 마련하기 위한 장기적인 투자로

여겨야 한다. 그렇게 했을 때 분단 이전의 상태로 되돌아가는 통일Reunification이 아니라 새로운 역사를 창조하는 통일New unification을 이룰 수 있는 것이다.

남북한이 분단 상태로 놓여 있는 한 상호 간의 발전을 이루는 데 한계를 가질 수밖에 없다. 따라서 통일을 역사적인 과제로 삼고 상호 협력하는 방법으로 실행해 나가야 한다. 통일이야말로 국가적 모순과 문제들을 해결하는 토대가 된다는 사실을 인식하고 분단 상황에 익숙해진 관습에서 깨어나야 하는 것이다. 이와 같은 차원에서 평화통일을 노래한 김준태 시인의 작품들은 의미하는 바가 크다. 그의 통일시는 구체적인 역사를 품고 있기에 진정성이 크고, 우주적인 이치까지 지향하고 있기에 전망을 준다. 그리하여 남북 정상회담에 즈음한 그의 시들은 더욱 새롭게 읽힌다.

쌍둥이 할아버지의 노래

초판 1쇄 발행 2018년 05월 18일

지은이 김준태
펴낸이 조기조
펴낸곳 도서출판 b

등록 2006년 7월 3일 제2006-000054호
주소 08772 서울시 관악구 난곡로 288 남진빌딩 302호
전화 02-6293-7070(대) 팩시밀리 02-6293-8080
홈페이지 b-book.co.kr 이메일 bbooks@naver.com

ISBN 979-11-87036-55-5 03810

값_10,000원